柴高原 著

高窗下

中国青年出版社

目录

高窗下

2024 年 _ 晋城

到现在整个春天

只有高窗下的白玉兰开了

整个春天下满一场淅沥的小雨

高窗下斯人独坐

怀想什么事而还有什么

让人在春天的高窗下怀想

没有远山只有怀想的潮气

没有青绿只有白玉兰开了

斯人独坐而天下着小雨

斯人坐满淅沥的一个下午

到现在整个春天还没有结束

整个春天我们还没有肌肤之亲

写信

2024 年 _ 阳城

这个午晌照旧睡意沉沉
这个午晌沉沉想写几句好心情
想写其实阳光不错有只猫也
半睡半醒最能忍受你的陌生
如果是写信正好写给以前的你
如果写给自己就写这午晌睡意
如果写给猫就写我们垂垂老矣
写猫正午睡猫是从以前来
写阳光正好面对面也早已陌生

四十岁

2024 年 _ 阳城

四十岁，能说的话已说完。
熟悉的人越走越远，旧报纸
迟迟不送来。四十岁，
窗外花叶，能落的已在悄悄飘落。
有谁叫我，我恍惚了一阵。
日子怎么落在身后那么远呢？
四十岁，以前有过多少难，
现在也有多少安然。
一程路，再看不过万水千山。
四十岁，
人声渐远，
花叶飘落。
自顾独影吧，不找答案了，
没有什么值得羞惭。

阅后即焚

2024 年 _ 阳城

你若倚向我
我往另一边走开
我若心仪别一个
可能证明一切
都囿于圆圈的迷惑
我面对你你看向天空
你看天我就往低处飞落
时间看时间
眼神都是空的
时间无臭也无声
随时都在流过
我们能对视几秒
长也不过一生吧
请阅后即焚

细小的覆满

2024 年 _ 阳城

细小黄花覆满巨大的灌木
怕是要有几千几万朵吧
细小才足以覆满这巨大
门前一树山茱萸足矣了
这几千几万朵还要覆满五月
挂了小果还要覆满到冬天
这几千几万朵的细小
如果覆满我想想就很头大

蜗牛

2024 年 _ 阳城

我示人以坚硬的壳。

而你不知道，我的软在哪里。

我很慢也敏感。

慢到一生似乎一动没动，

即使慢慢风，也让我一缩再缩。

何时养成的性格，

有光要躲起来，夜里闲步

方有小心的欢喜。

夜里的事弥漫了潮气。

我们很难对视一眼，在你

醒来时看我，空余泛光的遗迹。

一生也就一件事，你看到的

我一生背负

一生也蜷缩在自己的背负里。

我的外壳并不坚硬，

如果你拾在手里，轻轻一握
就能握到我柔软的薄命。

很多名字

2024 年 _ 阳城

我用很多的名字。
每个我似乎并无联系。
每个名字说一种话，
用一种阴郁表情。
每个我各是各的天气。
到了夜里歇了，
每个我安住在各自的抽屉。
有一些睡不着，
想窥探有好奇。
而夜一片安谧，
不允许发出任何低语。
好多的名字安睡了，
心和思不在一起。
各自等着
等我拉开抽屉。

网中

2024 年 _ 阳城

1. 网中

我向黑夜撒开一张网。

而你，从水面

露出光洁的身体。

有些事情安谧，

有些事情正欲发生。

你沉下的时候，

也有一些事

落入月之清辉。

落在荡漾的网中。

2. 声音

耳朵是怎么了？

我听到的，好像并不是你。

我听到的，也不是任何声音。

沉默是怎么了?

声音是颤动的肌肉么?

我这样想象你的说话。

我这样想象，

耳朵专注在

你的默默里。

3. 少顷

少顷之前，

我散步回来。

身上有夏夜的潮热。

而何以是夏夜?

何以一身潮热?

我散步回来，

少顷即想到这些。

我思之

而无有着落。

夏夜潮热，

少顷也落去了。

一个卵石的所想

2024 年 _ 阳城

我混杂在众多之中。
我们只是同一种。
我们一起崩离剥落，
又紧紧挨挨一起。
我该作何想呢?
好像事即如此。
我们都在一个河谷，
一个滩涂地。
即使砌在同一堵墙，
也所差无几。
据说身边的苇草们
都在生长思想。
相对于生长，我们
是一起的滚磨，
一起承受
水的深刻和淘洗。

维纳斯

2024 年 _ 阳城

在我有迷茫的时候，
你说到维纳斯。
那座石膏像，
我能想到的梨形身体。
你有所暗示：
一只空瓶子，
可以插花，
白色的透明里，
可以看见美的腰身。
那个维纳斯，
让爱也有迷茫——
爱是美也是残破的部分。
而你说爱的遮盖，
梨形身体
有适宜的生育。

一天微风

2024 年 _ 阳城

1. 一天微风

起早有微风

从旧事里来

现在的微风

正拂过你的头发

微风是舒缓

是多年以前

最白最白的杨树林

你走在前面

瘦瘦的格子衬衫

微风是

身边溪河弯弯

也是日子模糊

多少年光线一闪

微风是走失了

养成慢慢的习惯

现在我们

从旧事里来

对望了一眼

微微风

正拂过你的头发

2. 回想

当你回想某人

回想某人的名字

你会很慢

你翻开某人写的旧信

以前折起的部分

你会不安

信里掉落某人的相片

你的脸

有潮潮的波澜

而当你终于把名字说出

当你慢慢

把信又读了一遍

你久久看相片

却并没有什么复燃

当你回想

回想那么遥远

当你把遗忘的想起

因为遥远

你想得很慢

很慢

晚风

2024 年 _ 阳城

1. 阳台

雨刚过

我看你

你立在阳台看晚风

你不知道

谁在看你

谁也不知道

你在看向晚风

我也不知道

我看你

雨刚过

阳台悬于半空

晚风的半空

2. 晚风

晚风好

吹了一遍再一遍

美好的人走过

我要多看一眼

想记住的事

现在想了

晚上还想梦见

好记忆都是两层吧

我们经常想不起

那个人的第一面

我们编故事

从来始于第二眼

晚风吹了

一遍再一遍

晚风里有意难平

也有隐隐沉默

3. 晚风

晚风吹过

多像是爱情

你把头低得很深

喃语轻轻

薄影染了夜的透明

多像是爱情

留言

2024 年 _ 阳城

1

你说，你
要读出我的诗么？
你说你像
春天看见了一朵花。
我给你摘下。
而心思
只是我自己。
诗已读了一遍，
春天
已经没影了。

2

我醒来，

梦见你是欢喜的

橙子一只。

我梦见

你脱下外衣，

我剥开你。

你咧开嘴笑。

你说，一瓣一瓣

女子公子。

一瓣一瓣

傻子疯子。

3

如果月亮

是浆果。

我轻咬上一口。

月亮缺的，

如果是

我轻咬了你。

月亮羞了

落下去。

如果

我满嘴的汁液，
是月色。
是露水的
花叶。

时间

2024 年 _ 阳城

一天都在读一本书。
夜里只睡两三个钟头。
睡不了的时候，
眼睛是空洞的冥想，
而眼睛的空洞
也是时间的一种吧?
时间的容器太大，
谁执着谁就要被湮没。
时间的针眼也小，
谁不在意就永远无法穿过。
时间也是现在的失眠，
思绪纷杂而一无所得。
我的时间
安藏在书页之间。
书外的已无从把握。

很多人很多事
已疏离了太远。

忌讳

2024 年 _ 沁水

比如我写诗

也是有所忌讳

以前我羞于说灵魂

之后又很厌倦

说人间

到现在四十了

我还无法知道死

也越发

不了解活

而除了生和死

又不知道还能说什么

人到了半中间

常常心有犹疑

比如我写诗

我思想得越多

对很多事又越发
讳莫若深

所处

2024 年 _ 阳城

每到一个地方，我都
习惯看看地图。我心安于
在这个世界的位置，
还有高度。我也习惯
看看人群而心有感慨：
世界真有这么多人呀，
还有那么多
无处不在的人造物。
无处不在忍受的
草木灰土。
我习惯也心安于
自己的所处。在地图上
无限小的一点，离天有好远
大概也走不出多长的路。
在世界任何一个地方，

我皆草木，

也是灰土。

微不足道

2024 年 _ 晋城

可能因为，孩子很小。
他经常能看到很微小的事物。
他能看到一队觅食的蚂蚁，
一只藏在水槽的蜜蜂，甚至
在潮湿墙角的小爬虫。
他也能看到大一点的，比如
小猫午睡，狗狗在树边撒尿，
天空不经意掠过了飞鸟。
即使在闹市，他也会
透过人群听见笼鸟的聒噪。
出去郊野，他只专情于
向水里投下奇怪的石头。
他还知道一些更大，也更小的，
他会看云，会看月明，
知道晨光要从窗户进来，
也会疑惑大地上的投影。

往往那一刻，可能因为
他很小，世界也就那么单薄。
而世界，可能真的
就是这些微不足道。

上海微雨和其他的

2024 年 _ 上海

1. 上海微雨和其他的

当我蠢蠢

早起即欲念萌发

我即想不到思想

当我坐在十二楼

客房禁止吸烟

窗外微雨

打湿了沿街的

锦绣杜鹃

我曾把一朵压进书页

当我合上书

当我记不起很多事

当我又想了一些

其他的

当我想了去年的

一茬新韭菜

也打湿了

而杜鹃和韭菜

十二楼和下雨了

又有什么关系呢

思想和欲念都病了

又有什么关系呢

而当我蠢蠢

而又真的

无法翻书

也不能吸烟

2. 黄浦江的月亮

黄浦江的月亮

浮在暮云的天上

黄浦江的月亮

也落在流彩的江里

也落在我的咖啡杯里

因为我的疲于奔波

黄浦江的月亮

大概并不是同一轮吧

因为月亮多迷惑
我也并不知道
我沉落在
哪个影子里

3. 发呆

发会呆吧
不是所有的风
都来到窗口
不是翻几页书
就有平静的午后
你坐很久了
淡茶还留了一口
发会呆吧
也没什么
你点了根烟
你的风来
也翻了几页

听雨

2024 年 _ 阳城

雨开始很稠

天暗下来的时候

变得舒朗匀净

天暗下来的时候

我想到你的影子

你的影子

因雨而潮湿

因为暗而又有明亮

雨若现若隐

而什么都在雨里

天暗下来的时候

我安静听雨

人世如此善待我

给我静的一隅

我听雨的时候

天暗下来

雨也没有声音

雨的瞬间

2024 年 _ 太原

1

撑伞的路人
在门前匆匆行过
雨里雨外

2

路人匆匆
一个拉长的慢镜头
远景是
低回的山野

3

起水了

地上拱起一座岛
岛
随即又沉没了

4

雨里雨外
裁剪的镜头
组合
拼接
时间由于混合
才成为时间

5

此时的时间
只是雨水
风的时间是雨水摇摆
窗前的时间是
雨水滴答

6

雨水滴答
是谁绵密的诉说
听雨的人
痴坐在窗下

7

雨滴
在窗玻璃上滑落
像贴在大地的平面上
蜿蜒
滑落

8

风来
雨斜
沉没之岛和
低回山野

一群燕子低飞

2024 年 _ 太原

一群燕子低飞。
好像说，
我即要离开，我来过。
夏伏过半，昨晚
一夜的雨，
时急时缓。
现在一群燕子
盘旋低飞，
在灰天空下，
是不是说又有雨来？
是不是说夏天即要过去？
一群燕子
久久不归巢，贴着地面
低飞，
现在无须雨后衔泥，
好像也无须哺育。

好像说好的，

等秋来，即南去。

李子熟了

2024 年 _ 太原

我现在不能思想。
父亲打来电话，说李子熟了。
父亲并未要求什么。
但他说李子熟了。
父亲可能也没思想什么。
他现在空落下
熟透以至烂掉的
老年，还能思想什么？
他只说，李子熟了。

若寄

2024 年 _ 阳城

1. 若寄

无是浮生

在这夜的无垠。

是灯下翻书，

月影在薄云里穿行。

是白日的事情

安静了，

尘落了一层的寂美。

无是不用刻意安睡，

一觉又醒转来。

是明早还要出门，

能有琐事烦神。

无是这夜漫漫，

是明日天气

风雨阴晴。

2. 如果爱

我只看你一眼，
剩下的余生
用来窃喜和想象。
如果爱，天空是什么样
需要云的遮挡。
今晚有雨，除了
划过一道闪电，
我听了整夜雨的答答声。
如果爱，在我早起
想准备一个晴好的表情。
如果爱，
我专心去工作，
且不思想其他。

3. 发呆

其实我感受了风暴。
其实我在等一场风暴过去。
其实风暴平平而起，
也平平而息。

其实风暴也是默默的样子。

其实你看我，

我在窗口

只是那样默默的。

爱晚

2024 年 _ 长沙

黑白镜头
仰看爱晚亭的挑檐
天空里的投影
说是很大的枫树
我以前还没见过
说枫叶能不能红
现在也才五月
说这岳麓
有一脉斯文
我还想问什么意思
而人迹散去
归鸟啾啾
镜头里的天色
黑白的
已经向晚

门廊

2024 年 _ 阳城

1. 在门口

门廊深深

开始即有不安

雨正落下的时候

雨在夜晚和

我的身后

刚刚打湿地上的一层

即是我的不安

我和雨站在门口

夜晚和我的身后

我不知道

雨从何来

不安何来

门廊里深深

开始即是不安

2. 门廊

小门廊敞开
隐现灰暗的走道
小门廊时常
咬我一小口
吞咽进走道的蠕动
小门廊敞开
吞咽之物
据说只是一双眼睛
我每天走进去
像回家一样
也像找寻一样
走道有灰暗的漫长
我眼睛的明亮
因而忧郁了

多少安静

2024 年 _ 阳城

1. 多少安静

如果我们都忙
我们都各忙各的
如果我们各忙各的
如果我们
都忙得那么安静
我们忙得
没有任何交叉
没有任何声音
如果我们
我们真是安静呀
如果我们
有多少忙也就
有多少安静

2. 大人物

你是大人物
你习惯大人物的
登临俯视
你习惯站在山顶
一个比一个
更高的山顶
除了耳边呼呼的风
你看人间
没有任何声音
你看这必然之风
以及必然的
人间安静
你俯视久了
听风久了
就不想下来
就不爱回到
没有风也
没有安静的
遗忘和以后

一天结束了

2024 年 _ 阳城

人是困境，
是困境。
一天的开始是遗忘，
一天结束了，
我们又困在梦里。
梦是四壁之内，
四壁之内。
一天的开始，
是打开一扇门。
我们的一天，
走来走去，
是找另一扇
梦里的门。
一天结束了，
而梦
并没有门。

我比树有这个夜晚

2024 年 _ 阳城

我比树有这个夜晚

而树在窗外

覆占了一片静的天空

我比树有太多思绪的自由

而树独站在深土里

许是沉睡了

我比树有多一个月亮

而树漏着陈旧的光

后来风起了淡云

我比树看到光影过去了

风过树有轻微的呼吸

而我一晚上都不入睡

我想我比树的年纪

而我少觉也并没有年轮

即要醒来的晓晨

我比树有多的一个心

我以为我比树的疲惫

树站在我的窗前

覆占了一大片天

而窗前是何处

何处可作终老

昨夜晨醒

2024 年 _ 阳城

我无法说出，
当我晨醒看到
你眼角的皱纹，
而你的面部似乎
也如我的一般模糊。
我无法说出，
我们共同的发生，
在昨夜晨醒
即是默默的。
晨醒微光的照耀下，
我无法说出，
你眼角皱纹的明亮。
明亮却隐埋的，
昨夜晨醒，
新鲜而模糊的，
让我心生歉疚。

歉疚又无法说出，
此时如果有爱
也并不醒来。
我恐怕这个世界，
并没有谅解。

暮山

2024 年 _ 阳城

1. 暮山

进山一天
累了就坐下来
坐坐
山那么静
一天什么也没说
山也那么深
一直深进暮色
进山一天
累了坐坐
却也不能一直坐着
暮山没有声色
只是那么
深默着

2. 一个早晨

我想写这个早晨

我用一只晨起的鸟代替

鸟停在窗前

正好抖落一片翎羽

有毛茸茸的夜的潮气

我想写的早晨

鸟却倏忽飞去了

遗落的羽毛

成了我的一个虚弱念头

而我无法把一个念头

写在诗里

3. 一阵雷雨来

一阵雷雨来

一阵雷雨来

雷雨来的时候

我好像

本来是想写句诗的

雷雨来的时候

而我好像

只是这么念叨着

一阵雷雨来

一阵雷雨来

雷雨来的时候

大雨点

打在我的胸口

大雨点

打在

我的胸口

荒月

——又想阿真

2024 年 _ 阳城

1. 秋叶

秋叶黄了

落下

你

有生些悲凉么

而你隐隐

忍着

如若又有凉雨来

沙沙沙

作一片悲声

你便

也不必忍了

2. 荒月

我看月
是一片明暗的荒墟
我看荒的月
也是从我的心的荒墟里
升起

3. 又看红叶

循去年的路
再走上一遍
还是漫山红叶如火
偶尔出了会太阳
太阳一照
红的黄的好颜色
循路走一遍
也还如去年的
心有遗缺
去年时候没过霜降
今年选了
灰雾雾的一天

去年你还在

今年我

不太爱说话了

一阵风雨

2024 年 _ 阳城

大风发作的时候，
小镇已漂在水上。
窗玻璃是谁不顾颜面，
流花了脸？
窗外，风雨过无声。
窗外，漂浮的
一对纤手
一阵抓挠我。
风雨急急过了小镇，
我抓出了血。

夜的房间

2024 年 _ 阳城

夜的此刻

我什么也没有

除了转着门的把手

我想跟谁说点什么

而我此刻

没有什么人能想起

我没有窗口

没有风从

窗口吹进来

风是什么

我裸身做梦

浑身大汗涔涔

梦是什么

梦见什么也

说不清白

梦见床

很多夜晚没有躺

很多房间

很多门

而此刻也没有门

我转着门把手

什么也没有

东北平原

2024 年 _ 长春

1. 飞机升起

云很低

大团大团落在

秋天的东北平原

这时飞机升在

秋的高空里

云向下落

落成大团大团的

辽阔的暗影

飞机升起在

暗影之上

东北平原可以承受

这辽阔

这高高的秋天

正升起的

也在落下

2. 上长白山所想

接近朝鲜

也接近俄罗斯的远东

接近朝鲜是

长满白发的山

火山灰里

一汪两半的清泪

接近俄罗斯

是沿途上升的白桦林

一簇一簇

红花楸

掩藏在愁愁诗句里

其实距离

俄罗斯还远

但俄罗斯

俄罗斯也会有

白发的山吧

3. 露水河林场

即要离开的
最后一个下午
矿泉漂流回来
漂了五公里
我们吃林子里的山蘑
鹿肉记不得味道了
我们坐在院子的
斜阳里抽烟
负氧离子有两万六
我们坐在斜阳
抽烟好几支
即要离开的时候
我们还坐在
斜阳的院子里
坐在
静静露水河
如一群倚巢的
倦鸟

孩子小鸟和我

2024 年 _ 晋城

1. 孩子小鸟和我

孩子在闹市的街上听见鸟叫
孩子高指着笼子跟我说小鸟
孩子几次想要伸手摸摸羽毛
孩子几次想伸手我都说看咬
孩子看惊鸟扑腾也吓得缩手
孩子看惊鸟扑腾却不能飞走
孩子看看我复看看受惊的鸟
孩子看小鸟在闹市扑腾鸣叫

2. 孩子诵古诗：谁来

谁来山有色
谁来水无声

谁来花还在

谁来鸟不惊

春简

2024 年 _ 阳城

1

雪还未消

在北方
我只能写冷
到了南方
可能会写水

2

进了三月

有点绿了
想去山里走走
春来

风也温柔

3

风吹进梦里

梦的裂纹
时常覆盖你
我一次次
去关上窗门

4

昨晚说大雪

说远山牧场
我们燃烧柴火
紧挨着取暖
说大雪封山

5

如果走在山里

我们一前一后
手指勾着手指
看鸟都是一对
松鼠也是两只

6

开车驰入山野

那年五月的路
弯很大
我们拐着弯
一路驰入槐花

7

所有事都是好的

所有善意
也是随性
花就开他的
草也疯长他的

8

花是必要的

送你向日葵
送你白百合
而你是
紫玫瑰旋涡

9

找个山顶吹风

辨识风的方位
北方少南风
春有东风来
我面朝东北

10

放下日常

跟你去山野
山野那么多你
住满荒废的房院
住在我的以前

11

回到小房子

鞋子放在门外
衣服脱在门厅
洗干净了
登上一只床

12

一只应许之床

你若是我的
一截肋骨
我就是我们的
一对好男女

13

风又吹在梦里

风送我们
去山里
山峰山谷都是你
你手握一条小溪

14

遇见好时节

一大树海棠
正好心生繁花
我经过
正好花瓣落下

15

等现在也是以前

等雨水
浇出一朵好花
你的身体结出
两枚白果

16

今天天气好

有暖阳
一朵好花扭了扭
你出门去
穿了件轻薄衣裳

17

慢的午后

暖阳照我
暖阳下生出的想法
你干爽的手
给我抚摸

18

水面也好阳光

平滑的
偶有风的褶皱
暖阳潜入水
一蓬水草

19

微风让人愉悦

微微吹
光线拂过山林
你的发梢上
拂过光影

20

坐在空山

山寂默
我们也不说话
久久坐着
空山那么大

21

天色晚了

今天累
从春天回来
春乏的
困了就睡

22

身体是欢愉的源泉

也是有限
身体之外
我们不知道
还有什么快乐

23

一夜好眠

在梦里
把梦做得无边
五点梦醒
在床的边沿

24

今天来郊野

一河蒲秆
是去岁荣枯
人到中年
爱这郊野荒草

25

天蓝得要命

打开窗
我们高高挥手
这一天的蓝
我们很愧疚

26

花开满一地

春天阔大
装下许多诗人
也苛刻
一人只能看一朵

27

花知道自己

无用也无求
不种也不收
一人的一朵
才有心思开更久

28

春来就这几天

我写诗
也习惯匆匆几行
字节多喘
满纸回车

29

春天读诗

读给风吹来
读给云徘徊
遇见你
读给花的忘了开

30

鸟飞过

春天的鸟
一片翎羽飘落
飘落如花叶
飞过也没什么

31

毕竟春一场

山行
青草一半花一半
走一半坐一半
云雨一半一半

32

海浪声音

一波一波荡漾我
一波一波
荡漾我的
海浪的床沿

33

又醒来很早

早醒者
向一切问好
春来迟迟
梦见花草

不为人知

——给阿真

2024 年 _ 阳城

地下剖开

又虚掩的坟穴

是春之隐伤

不为人知的

这个春天

以剖开的方式

完成一次分娩

又用稀疏的针脚

把裂口缝合

风雪里

——给阿真

2024 年 _ 阳城

又起风了。
无力的雪落成冰，冷日子
归于无言。
你在你的夜里哭了多少遍，
风也在我的居所吹过多少遍。
希望是静好的，落雪
有温暖的一面。
冰冻了春来也不远。
我们和世界的关系
在风雪里，
早已永久构建。

如果能走出这个冬天

——给阿真

2024 年 _ 阳城

如果能走出这个冬天，

我愿意把三分之一的温情给你。

请理解，我要自己留下一份

你说过自己最可珍贵。

还有三分之一，留给雪后春来。

外面在落雪，新年第一场雪

有特别的怀念意味。

再年轻点的时候，如果

你也在这场雪里，我们围着火锅

破个例小饮上一杯。

我们说春天不远，如果我们

是小时候，就在春天里一起吹风。

我们把自己放成风筝，

要越放越远，不管不顾地疯跑。

我们越跑就越远，我们的欢笑

越来越小。春天太大了，
如果我们在一阵风里越飞越高。
如果一股线断了，我们在
浩大的春天走散，我就让风
不停喊你，让消融的雪也喊你。
我让全世界都用尽力气。
如果你不答应一声，请原谅
我就不去找你，我就待在原地
让我的三分之一随风散去
也有三分之一干涸了，最后的一份
我想流进你可能在的春水里。

大雪几句

2024 年 _ 阳城

1

好一场大雪

2

不能出门
因为阻断
想起好多旧事

3

从前好
惦念的人都在
远处

4

因为大雪
心里惦念的
只好忘了

5

阻断也好
这一场大雪
无比好

回答

——给阿真

2024 年 _ 阳城 高平

1. 回答

你往冬日深处

多走了几步

你也是向着春天

春有百花零落

你独行许久了

赶赴春日的约会

你独行

穿过一场白茫茫大雪

我如今瞻仰你的

白雪覆面

如果你穿行大雪走向我

如果一直走到

百花开满了山坡

如今你面覆白雪

在花树下躺卧

昨冬的雪呀

如何走出的你我

百花零落覆盖我

春天知道的

我还不知道

你知道了又不回答

2. 确知

我确知

我的一部分已死去

春天倏忽即逝

你消失在

一个夜里

一片荒草地

我确知你

消失在春的缝隙

我的一部分思想

在缝隙终止

而那个夜

一万年都如此
野草青青
年年要复生一次
我们确知
我们困于这缝隙
我们——
除有我们困在这里

3. 清明

我想去看你
漫坡桃花开了
哪一树是你
山河遥遥
沉沉不言语
春风应是知情人
最会度你心思
我只是想去问你
你把自己种下
种在了哪里
漫坡桃花开了
是不是有你

春风也不言语
山河弯弯的
是什么意思

4. 上坟

我把花束放下
就像以前去你家
我给老杨递了根烟
就像我们以前
坐在酒桌上侃天
你帮我们沏茶续水
有时也很八卦
你还要招呼孩子
一口一口
喂水塞饭
我们两个大男人
现在抽着烟
都不多话
以前喝了酒
真是喋喋不休呀
现在你躺下了

难得安静看我们

孩子在幼儿园

老杨说春天了

不用问寒问暖

5. 一首诗

我去看你

贴身放了一首诗

就那么几行字

这些天反复改来改去

总想念给你听

在梦里一遍遍练习

又总是各种不合适

我去看你

只放下了花束

昨晚梦里

我的练习又在犹豫

我究竟没拿出来

字轻纸也薄

你在的时候

给你念一首诗

也是欲说又止

记录

——给阿真

2024 年 _ 阳城 晋城

一月：灰

下了几场雪

高速路时时封闭

事情断断续续

大雾散了又起

父母腿疼不见好

孩子自己坐在阳台上

操心北京的病房

有人在远处没回来

还有几场酒要喝

操心这雪

操心大雾里

二月：白

风雪视野

是起起伏伏的

白的一片

北京的病房

尚存了奄奄余息

你顶着大风雪

从高速路回来

风雪天太冷

顶着大风雪

什么都在发抖

发抖的余息

终于在高速路上中断了

瑟瑟风雪

让我们哭了一脸

我们在路口

等你回来

等待是起起伏伏的

白的一片

三月：没颜色

春天刚来

时间还在离开

时间并不承载

不说一句话

也不回答疑问

没有一点办法

梦要做下去

在梦里要哭到底

春天刚来

地下还冷

枯败还随处皆在

冷点也好

雪不消融

心有郁结

遗忘也不至太快

春天刚来

还放不下

还想不开

还见不得色彩

四月：泛白

山有点绿了
山花开了很多种
迎春花
开了半坡
灿黄黄的
其他的山桃花
山杏花
山梨花
都泛白
好像开不开吧
也没多大意思

五月：蓝

五月有什么
我没有想起你
我想起了什么
现在只有蓝天
也不是只有蓝天
只是时间过了很久

我推开窗户
只有蓝天崭新如昨
五月有什么
如果五月是空空的
时间的篮子
也是我空的内疚
我没有想起你
而只有蓝天
崭新如昨

不恰好

——阿真病了

2023 年 _ 晋城

1. 不恰好

十天前的
中秋夜
也许是十六
我给你拍了月亮
你说
很久没有看外面了
还有十多天
是重阳节
我们登高
遍插茱萸的话
也要少了一人
现在月亏了
窗外的山茱萸

隐在暗夜里

中秋已过

还不到重阳

写这几句

并不恰好

2. 红叶

我们去看红叶

你正经历一场霜

我们看的红叶

还不太红

秋来似乎不曾霜降

预报说过几天有雨

经了雨

红叶怕要变黑了

你也可能

在经历一场雨

抚摸

2023 年 _ 阳城

1. 抚摸

请允许我如此感受：
我在我们的未来，
缓慢抚摸你身体的皱纹。
我何其有幸？
我饱含深情：
我抚摸你全部的皱纹，
你的缓慢的余生。

2.……

犹疑。
那段省略号
被小心省去。
还是不提起。

不提起
胜于说出的
犹疑。

醒来

2023 年 _ 阳城

清早出门
目之所见的
还是初始的黑白
太阳还小
在浓淡相间的
天际微微晃动
我走一条小路
延伸的尽头
右手一段矮墙
左边是片茅草
太阳还是小
还没长出影子
目之所见
只是浓浓淡淡的
路上一群小石子
也在微微晃动

也像要出一趟门
比我醒来还早
比我似乎要走
还远的路

谅解

2023 年 _ 阳城

1. 孩子

孩子的属性

时常困扰我们

而可能

孩子只是孩子

孩子只是

处于我们的关系之中

处于我们所需要的

温情的包围

而温情可能

只是我们的臆想

只是源于某种

对存在的历史性否定

可能是滑头的

妥协派的否定

而孩子只是孩子
是我们不真诚
在偏见的执念里
虚设了陷阱

2. 镜子里

我们年龄小
经验浅薄
我们周围都是
挑剔严苛的镜子
我们在镜子里
整理装束
学习老练和成熟
在镜子里
调拨刻度
意欲摆脱嘲弄
镜子有时候脏了
却从来少有愧疚
我们年龄小
在镜子里
只好很可笑

3. 羞耻

为了出门
为了见个谁
说上几句
就像我们不能
不穿衣服
我们也不能
不戴上面具
为了随群
为了表示真诚
懂得点人事
素面朝天
被认为是
裸露的羞耻

4. 七个游戏

如果我想
我还是新生儿的时候
就开始了一个游戏
或是这之前

已然是别人预设的另一个
之后我有一段
失忆的短暂快乐
再之后出于顺从
我会小心挑选
扮演什么角色
如果我想
游戏不过只是游戏
那么漫长的时间
我沉迷其中
为其忙乱
为其耗尽了活力
我时常这样作如是想
假想会有别一个如果
我想如果
我新生了下一个
游戏也是这样延续
而预设本是我自己
从不让人满意

5. 灯盏戴着罩子教育我们

我们习惯

半露半藏

我们受到的教育

暴露是危险的

我们也有如此经验

我们且不用坦诚

真实并不为人喜欢

如果毫无遮拦

往往被视为冒犯

我们穿各式的衣衫

也是半遮半露

周围充斥着

一种天然的伤害

我们整理伪装

避免吸引任何窥探

对于身体的盲目

唤醒也是危险的

我们受到的教育

是心生羞耻

是对阔大的一切

表示怀疑

6. 说话

我们身后

总跟着一群的话

我们即使不说话

我们尽量不说话

即使对不说话的东西

也有很多的话

如果我们也是

不说话的东西

我们也是说话的我们

我们就是

一群群的话

7. 和世界的平衡

我们如此奔走

时不时要越过障碍

或扭个腰身绕行

这些奔走的奇异形态

是保证世界的微妙平衡
我们这样奔走
我们的世界平如静水
奔走是不沉陷进去
是保证一种积极姿态
保证不在世界之外

8. 谅解

我以善良
我以谦让
我以愤懑
我以发狂
我以厌倦
我以消亡
人世本恶
不改模样

9. 重和轻

无非是条线
或是一个圆圈

我们的路

没有企望的尽头

我们一路直奔

一路都是疲累

我们或者

作往复的盘旋

想象轻盈的飞升

美其名叫陶醉

把我们的路

放大到人群或年代

穷我们所能

重和轻

终是趋向同一性

重和轻

都有不朽意味

如果卡夫卡

2023 年 _ 晋城 阳城

1. 如果卡夫卡

如果卡夫卡

这样写审判的开头

一个叫 K 的人

有一天早晨醒来

突然看到一个

一个十分普通的人

没来由闯进家里

宣布了逮捕决定

并且极尽傲慢地

吃起了早餐

如果卡夫卡这样写

K 穿着睡衣

坐到了餐桌边

邀请这个普通人

也在餐桌边坐下

相互都低下了头

如果卡夫卡

给朋友读这个故事

朋友们也会捧腹大笑

K 对面坐着一个

一个十分普通的人

如果卡夫卡写

一个人和另一个人

大写的东西消失了

朋友们低下了头

2. 又读王二

王二歪

三十而立

当了老师

还不正

王二碰上

旧情儿

去看他妈

不出三句话

还要出拐

王二混学校

也想正经

但不成

好像从来事

没什么正形

也没什么

可当紧

3. 兰波的画像

我羞于承认

我只认很少的字

只会简单的线条

羞于承认

我惧怕思之繁复

还有漫溢的冗长

这一向也是我

羞于承认的

偶尔写的几行

能是诗

是兰波的画像

4. 兰波的二句

世界没有年纪
我懂得劳作

去北京

2023 年 _ 阳城

1. 去北京

小儿子叫我
大儿子叫我
爱人在叫我
母亲在叫我
我听见
好多人在叫我
我听见了
我说
我是去天安门了

2. 去北京还没走

一张身份证
一把剃须刀

去北京

这些就够了

天气冷

加了件外套

两本昆德拉的小说

计划路上看

两盒烟

出门两天

一天一盒

装进一个袋子

要去北京了

对了还有手机

再带个充电器

钱和车票在里面

要找的人要办的事

也在里面

其他什么东西

也都可以在里面

去个北京嘛

临出门

再装上钥匙

去北京

两天就回来了

一夜的火车

2023 年 _ 阳城

1. 父亲说

父亲说

把实身子啊

顶着一个天了

那天从老家来

父亲又说

说完

真像有个天

塌覆了下来

父亲从老家来

关了大棚

地也要让出去

说总是不顶了

父亲之前

也说这个话

是我成家那年
现在从老家来
再说上一遍
是他的身子
摇摇晃晃
又有很久了

2. 一夜的火车

父亲送我
去很远的大学
一夜的火车
父亲不敢吸烟
我能听到
他的喉咙紧着
很难过
那是十九年前
我听得到
他喉咙里的
那种难过
我现在开车
在高速公路上

送父亲回家

我给他点了烟

我能听到

他的喉咙紧了紧

犹豫吸了一口

这十九年

我听得到

他的喉咙

一直这么紧着

我开得很慢

我只开六十迈

我让父亲

多吸上几根

让烟熏着

这十九年

一夜的火车

3. 父亲讲那匹马

父亲讲那匹马

讲我不认识的那匹马

讲在我记事前

那匹马已经摔死了
父亲讲马的高大
但受人使唤的温良
父亲讲一个雨夜
父亲驱使那匹马
走上崖壁的小路
父亲讲马的失蹄
摔在崖底的泥沼里
父亲讲马坐折了腰
淋了整夜的雨
父亲是吃驴肉的时候
想起要讲那匹马的
父亲讲很多年过去
那匹马渣渣都没有了
我没见过那匹马
或者不记得有那匹马
我听父亲讲
听父亲讲的
过了很多年

4. 空屋

父亲终是
拖着病体
来跟我同住了
他在老家
只留下一座空屋
父亲固执地
不离开老家
其实他只需要
留下一座
空屋
而我辗转多地
留下的
已是好几座了
这几天有雪
我们的空屋
都让覆盖了

在雾中

2023 年 _ 阳城

1. 在雾中

在雾中
什么都
没有
眼前没有
一丝的迷雾
身后也
并没有路

2. 灯

夜里离家
没走出多远
就看不清路了
一直走到

很远的路口

回转身

家的灯还能看到

那盏灯

并不照路

只照归心

生日诗

2023 年 _ 阳城

1

昨晚大酒
醒来有
无力的愧疚

2

预报说
半夜醒来
有一场大雪

3

醒来
雪未来

4

半夜了
想有某个人
也正醒来

5

人世难说
雪未来
醒来

书写

2023 年 _ 晋城

书写：春未已

之一

生活
已溢出书写
或是逃离在
诗之外
经风经雨
只留下
薄薄的一层

之二

我的某种书写
是被禁止的

说给你的言语

尤其被禁止

我在夜里悄悄写

在夜里的逾越

或能得到谅解

我也悄悄地

奢求夜的回馈

折返来的讯息

往往模糊难辨

天光一透亮

就形迹消解

之三

今夜微雪

所幸

书写还有快乐

我写雪的

稀疏

但白洁

之四

书写是忧郁
天空下
屋瓦的灰色
写一只白鸽
一群
早已飞走了
写一只白鸽
忘了在哪

之五

书写
依旧懒惰
而我
在深夜不眠
一群群词语
从暗处列队而出
侧卧倾听
不是
爱过的

不是新的

一天

之六

我是一瓣嘴唇

书写是

另一瓣

我们学习微笑

说出音节

唇间衔一枚飞鸟

一瞬的晨光

我们学习

说出爱

也学习久久

的沉默

之七

书写囚禁了

我的一个身体

另一个

有现世的警觉

这也是两瓣嘴唇

我写嘴唇

让一块失语的

石头

压着

之八

书写往往

并不快乐

我却还是写

在云上修个房子

一只白乌鸦

唱着安静的歌

跳在孩子的

乳齿间

之九

我藏匿书写

包括说出的

已然干瘪的语言
二月结束了
等一阵风
适时唤醒
我们为了生机
又要心焦不安

之十

我们的房子
是书写的废墟
被困在
深深的倦意
房子漂在水上
面向过去
一首开始之诗
总是说
从明天起

之十一

我的书写

是一棵树

搁浅在

一方小土地

树只被这样允许

生长

但不好走离

只被允许

看风无形迹

看飞鸟

抖抖羽飞去

之十二

还是说树

相比生长

土地更显老迈

滋养

滋养的书写

疲惫得

易于遗忘

之十三

春很困
酒不清醒
书写深受其害
疲累
眩晕
以及青绿的
长寂静

书写：再记

之一

黑暗并没有
压抑我
白色的书写
似乎更便宜
而我们
往往闭嘴不说
痕迹的存在

理应在
光亮之下

之二

书写
落了一层灰
擦拭的耐心
终是归于徒劳
消除灰尘
就像消除时间
一层一层
直到淹没

之三

我更相信
书写是失去
或是在
剥蚀
一种修建
我们写出的

也或是
从未获得

之四

也许是
写字
也许写点
想法
也许
还记得什么
一个故事
不连另一个
也许
是什么也
不相干

之五

日子
的沉默
想写出沉默

也有嘈杂

打烂了缺口

我们写出

一个缺口

而日子

的悄悄

不说话

之六

我写

夜窗外

的山茱萸

米黄骨朵

一树的黄

在夜色

书写：又记

之一

书写
像是夜里
漂浮的石头
是什么夜
能漂起石头
或是什么石头
能得以浮起
并在夜里
被看见

之二

写不尽
呀
写一片星空
后面还有
旋转的
另一片

层层叠叠

旋转的

星空也

还是

写尽了

看自己

2022 年 _ 阳城

1. 眩晕诗

晚上躺到床上

就天旋地转

起身坐在床边

也左右摇晃

这是一首眩晕诗

是新近发生的病

闭上眼也不行

躺下像漂在海面上

坐着颠簸在山路上

这是一首眩晕诗

起起伏伏

晕晕乎乎

也许是个老毛病

2. 生日诗

我一直走
偶尔坐下来
坐坐
我现在坐在
一张办公桌后面
一会还要起身
继续走几步
我这样走了
三十七年
现在坐着想
三十七
该起身了

3. 吹蜡烛

我从来没有
吹过蜡烛
也不能说没有
是没有这样吹过
房间关了灯

蛋糕上点了七八支
说要一口气吹黑
早以前吹蜡烛
只是噗地一声
让一天黑下来
现在再怎么努力
都只能换着气
噗一声再噗一声
不再说天黑的事
房间的灯
马上就亮起来
但吹的事蜡烛的事
我过于惭愧
有太多东西
我是丢掉了
也是没太学会

4. 手

我看到指甲长了
手指头又起了肉刺
我看到手背粗糙

有层不脱落的浮皮

翻过手掌来

十几年的老茧还在

纹路还是不清晰

我时常做做手的握曲

看看生活的抓力

我时常这样看看手

也这样看看自己

5. 看自己

有的时候会发现

好像从来没有看见过自己

看见手看见脚以及每天手舞足蹈

算不算看见自己

看见虚胖起来的肚子一颤一颤

余光偶尔看到鼻尖和努起的嘴

算不算看见自己

有的时候找面镜子

看一个有些疲累的中年男人

也试着学学手舞足蹈

学学晃一晃颠颠肚子

一个有些疲累的中年男人
鼻子部分油冒了一层
嘴巴也不说话
有的时候会恍惚觉得
太陌生了算不算看见自己

琥珀和今天没有风

2022 年 _ 阳城

1. 琥珀和今天没有风

我走过一片沙地

踩了一行脚印

今天没有风

可能没风的天气

就有些辽远

我就想到辽远

几十年几百年几千年

课文里说有一万年

一滴松脂和

一只苍蝇和一只蜘蛛

一万年以后

一个小孩

从沙地里拾起来

那时候不知道有没有风

今天没有风
我想到沙地上
刚刚的一行脚印
有风的时候
很快就吹没有了

2. 一匹马

小时候
做梦
都想有一匹马
想去哪去哪
现在
满大街是汽车了
还是做梦
有一匹马
想去哪去哪

3. 一个

一个羊
坐在羊群里

坐在

一群里

只因想

2022 年 _ 晋城

独自靠在沙发。

只因独自一人，沙发沉默。

窗帘整天拉合。

只因空间隔离，

匆别的凌乱满地都是，

而窗台的盆花开着，

隔窗张望外面。

午间的光，是空的光。

只因不照落下的灰尘，

不照心里的渴念。

打开虚弱的门锁，

突然断奶的孩子，

照顾着干渴的花，

深深躺进妈妈胸怀的沙发。

只因是独自一人，

渴念不知道能传递多远。

我想让阳光进来，
一切又新鲜活泼，
沙发又会拥抱抚摸。
只因妈妈回来，让孩子
回到家：妈妈。

爱涨河了

2022 年 _ 晋城

爱涨河了。

从天光里映现，

如此荡漾满溢。

这是恰逢的时节，

你我遇见，

是三十年，五十年，

冥冥中缘起。

爱涨河了。

在大地上深刻，

那么汹涌湍急。

将是永续的岁月，

山川相依，

是一百年，上万年，

注定好归期。

问答

2022 年 _ 晋城

我爱你什么呢？什么才为爱的真谛？
你的问题，让我在深夜里有所沉思。
你让生活浸透，又物外游离。以及，
同向路上只有我们，隐秘处的相遇。
我对这个回答还算满意，你还说到，
生命的补偿追取，一切是天赐好意。
早起站在窗下，想象你熟睡的身体，
你怀抱我的枕头，沉梦在白日延续。
你爱我什么呢？这实在是同一问题。
答案亦如此吧，心中所期互有疼惜。

梦里一所房子

2021 年 _ 晋城

梦里一所房子——
一个蚕茧，挂在枯枝上
随风微微摇晃。
安静而无所适从。
一个灰色的蚕茧，
表层是粗糙的土泥，
布满干裂的纹路。
没有门，除了疑似的锁孔。
得小孔而入，
我们是黑色的虫子
蠕动。
门道是封闭滑梯，
没有了光，没有底。
蠕动没有尽头。
虫子并不想破壳之日。
梦在茧里——

房子并非永居之所，
爬不完的滑梯才是。

无题

2021 年 _ 晋城

大地铺陈于大地之上，
天空在我们的头顶浮动。
黑夜里的旷野，这些都看不见。
没有一点天光，一切都看不见。
我们各自打着一盏灯。
我们在黑夜的旷野里赶路，
我们默然不语。茫然不知
何时何地能够歇息。于是我们，
我们自己，依靠微弱的灯光，
相互寻找和安慰。两个光点
微弱地跳跃和移动。灯盏之外，
我们的生活之外，有巨大的包裹。
在大地的旷野上。天空下。
因为巨大的对比，因为巨大，
任何细节都可忽略和舍弃。

酒醉和一只猫

2020 年 _ 晋城

1

酒醉了
我想带只猫回家

2

早上悠悠醒来
除了猫，都走掉了

3

一醉傻了三天
而我的猫呢

4

请原谅
我什么也没做到

肆句

2020 年 _ 晋城

有光么？

壹

云是黑色的
云是我阴黑的巢

贰

睁着眼，黑什么样的没有
不睁眼，黑什么样的没有

叁

天是凉了
拉起窗帘，睡得暗暗沉沉

肆

一片灰
看不到坠落，不能安慰

自白

2017 年 _ 晋城

新的一年，我要反对

反对我的诗，反对我的羞耻

我可说的：一个成骨不全的人

匮乏情感、兴趣和想象力

以及确切、深沉和忧郁

只遗传了节节脆裂的坚硬

我可说的：一个领受挫败的人

唯一可靠的是情绪

简单，粗暴，飘忽难定

还有刻在额头的偏执和失意

我可说的：一个厌倦理解的人

放弃了愤怒、复杂和缠绕

不在意出口，也懒得困斗

我可说的：新的一年

我反对假笑，反对大拇指

反对急不可耐地长高一头

我反对一个半老的男人
不真诚，不举起鞭子
只靠写写诗，反对

新年冬日

2017 年 _ 晋城

1. 新年冬日

一年事毕，烂了几根脚趾。

沉默不是宽恕
宽恕总是言不达意
沉默的冬日像胆怯的孩子
总是远远避开是非
这时候天空灰蒙
吹着戏谑的冷风
我站在街道拐角吸烟
仰头凝望灰楼隐约的窗口
后面的房间或是堆满杂物
或者还没有暖气和床铺
蒙满灰尘的冰凉的事物
总会让人摸不着头脑

就像日子的空虚无以填补
寥落的思绪也难以顺畅吐露
我想象走进那个未知的房间
楼道如斑驳的隐秘围困
我想象或有木灰神情的妇人
吸着烟开门满嘴陈腐异味
让我深陷进迷蒙的浓重烟尘
这情境很契合阴霾的天气
但跟冬日的端庄对比鲜明
我想象从窗口一飞而出
把诚实的身体重重抛起
所有冰凉的不确知的
不用再欺蒙和争辩
也无须求得宽宥谅解
我想象在街道拐角吸烟
冷风从沉默里穿过
等着黑暗这一天

2. 审判日

请判还我的私密。

冬日的尾巴淫雨霏霏。半老的男人
斜依高台上的大理石廊柱，在冷风里站立片刻
他企图酝酿尊严和愤怒，企图直起腰身
在法官的面前没有畏惧。但高高的门沉重一闭
抬起的头复又低垂，灰暗覆盖了眼睛
冬日的寒意，无助于持续的清醒和坚毅
半老的男人结结巴巴，像述说半生的难言之隐
声音像受刑之后的怜怜呻吟。但每个发音
都是否定的拒绝的倒刺，他以自己的半生
以血泪的红色争辩，而不是虚弱地写上两三页
争辩像福利院儿童的坎肩，收容所的饭盒
也像铅印报纸和从居所到大街的彩色宣传页
法典当然傲居其上，那对秤砣冰凉而单调
半老的男人交出内心隐秘，遍体鲜血淋漓
脑子被左右挤压，言语被扭曲或过滤
"世界本不是这样"，精心修正过的日子
有温顺有冷遇，有羸弱和坚硬美的对比
半老的男人，在高门的缝隙一截截矮下去

他从高台上下来，在冷风里站立
任冬日淫雨淹没了隐忍，淹没了
一只年迈棕熊在人间的斑斑劣迹

3. 时代：以城市为例

时代打扰了我。

卑劣的期许和恶意识
弥漫无际的道德感
重复的城市以及街道十字
阳光被一片片割下
随意堆起垃圾场
地下管道堵满日常污秽
硬路面企图压制生长
笼子像醉汉软瘫一地
里面住满抑郁的人
乱走的是梦游者
或者红眼的疯子
他们无一例外光着屁股
排出汽车的尾尘

或是小丑的年代滑稽戏
高低不等的佝偻身材
年将四十木木的脸
期许恶就是真
期许隐怒的一鞭子
鞭挞意义的失落
像不言而喻的推论
以及铅灰色晴空

4. 多余

经验是一种多余。
只能讨厌无可逃避，
只能选择无法蔑视。

因为某些事。冬日不像以往的冬日
镜子里的已不是自己。因为某些事
胸口的伤疤移动了位置。我讨厌的
是酒后向别人吐露心迹，我讨厌的
醉了还要再醒来，再强调一遍失意
熄了的炉火和冷透的水壶本是多余

捱过冬日的黑色皮鞋和润喉糖也是

我只想耽于内里，把多余的都割去

某些事或不如此，我只想选择如此

不美

2017 年 _ 晋城

1. 我已忘记出生地

我作为我已迷失
过去的我，已像马踏的尘泥
溅落一地

边地，栅栏隔开的
远方边地
我一路策马奔往
路是新鲜的，但只一次
走过，不会变得熟悉
身后遥远的出生地
被陌生的语言和交际隔离
即使我一如初生
身上不挂一缕
即使我抛却期许

企图跟过往交颈亲密

出生地：我作为我已迷失
期许或也是马蹄踏起的尘泥
随风扬起，但终会
撒落一地

2. 不美

我作为我已迷失
从一个房间迁徙到
另一个房间
就已然忘记出生地
我看到烂掉的脚趾
就忘了刻在胸口的印记
日子空而虚，在黯淡的
房间里，泛不出生气
出生地：我身上
不挂一缕
意欲还原初生
又看不出自己
不美的语言和交际

像墙皮剥裂

碎落一地

给爱人

2017 年 _ 沁水

抱你
两条手臂
一只手
也可以
若没手呢
终于——
也可以

又

想象你
是晴空
一碧无云
真得
看不见

又

黑夜不黑
你可以搬家
可以灰色地
出来

又

两千年前
我修长长的城
你在家里
在小县城的
破烂街
写不完信

写给天天

2017 年 _ 晋城

1. 写给天天

感谢你的到来，孩子
因为你，我看到光的指引
我获得并认可一种肯定
因为你，我后退一步
成为扶手，成为靠背
因为你，我的睡眠
有物填充，鼾声变得踏实
因为你，我要站直些
走稳些，洗干净一些
因为你，也感谢你——
我可以成为更好的自己

2. 天天的几句

鳞片很重要
可以闪闪反光

蝌蚪的尸体
或是参照物

地上的影子
是冰激凌污渍

嘴巴跑得太快
耳朵是摆设

道理很远
还有明天

3. 无题

总是慢
一步不赶一步
总是在后面
看狂扭的屁股

春迷

2017 年 _ 晋城

时候永远不对，浸着风
空泛的光里，影子恍若褐色之水
只差跨出一步，沉下——
恍若万事即了

耻和罪

2017 年 _ 晋城

凌晨四点，我离开了家
出门时，我听到隔壁房间
孩子鼾声遥遥。之前一日
是父亲节，我禁食一天

夜半自谴

2017 年 _ 晋城

信奉或是侵扰，是浅薄的梦魇
夜半惊起，我希望被圣人说服
习惯道德风俗，安然渗着凉汗
吃下硬邦邦的早餐。我，希望
外在的能满足我，对振振有词
不要本能排斥，不要适得其反
我希望惯于听命，紧缩下脖子
不意挣扎，不狠狠地剜谁一眼
我对自己心生厌烦，无能安于
阔大的黑夜，无能信奉一片天
裹着黑硬的甲壳，把自己扑倒
刈割，低过有的和无有的申说

山野归来读雪莱

2017 年 _ 晋城

1. 山野归来读雪莱

"随我去林莽深处的草丛"
随我流连那片臆想的花坡
随我鼓动一群短寿命的工蜂
随我拥挤在闷热的窠巢
随我无妄地，反方向跋涉
随我神疲力倦，累死累活
随我掩耳逃出嗡嗡嗡的夏天
随我营营，已经活够三十年

2. 题孔令剑《阿基米德之点》扉页

热烈的篝火之后
畅饮和舌辨之后
梦呓是仅剩的余烬

依傍着，能得安慰

熟熟睡去，能化出

斑斑点点的唇音

而伸手触摸——

会被灼伤，会烙下

斑斑点点的疤痕

如果我们老了

2017 年 _ 晋城

如果我老了，是的，心总是

先于身体老去。如果我已经需要

在脖子上挂上钥匙和门牌

如果我穷尽一生，终于

找到一个迷人的词语

荒唐地认为，那比信念更珍贵

如果因为回顾，陷入遥远的繁杂

而余下的路，只是空无的单一

如果，我们用纯粹的艰辛

不断把东西塞满房间，就像

一粒一粒装载我们的身体

现在倏忽间，房子空了，负荷消除

我们空落落的，朝着蹒跚的门走出去

如果时间不是流逝，一天一天

无休止地循环重复，翻来覆去的

让我们心生厌倦。如果

忽然在意一片黄昏，驻足停留
那是我们老了，隐秘的事变得很轻
轻过夜的气息，偶尔也会重
可能重有千斤

寐中

2017 年 _ 晋城

1. 问海子：最初一个原因

人世若云
云也不能到

人世冰冷
一如身上
月亮的体温

人世太久
落满灰尘

人世不改
隔而相看
像是真的

2. 布罗茨基说：人不会投下阴影，像水

人，人的安歇
若已失去暗影
若空气，若水
若是空境之中
忽而冒出云来
人事若浮若寄
若一夜风漂浪
在好黎明醒来

3. 寐中

一番番的浪　有盐的风　阴郁气味
黑白的　没用的泡沫

斑驳木头　没边的天野　晃动的水
摇不醒的　漂泊的樊笼

夜很短　四壁粗粝
晕乎乎　往复周旋

4. 读英娜偶得

请拿起笔
描出我们的尾巴

一切如此简单
一切也是交织

嘈杂人间
沉默变得反常

不持续
失去的失去意义

语言勿需生气
"无用的天使"

5. 意义

烟头捻灭在花瓣上

妄中一线

你

诗人的

2017 年 _ 晋城

1

诗人
不要发觉
诗人发觉
会隐怒
甚或可怖

2

诗人背后
有语焉不详的
事件
或不辩白的
春天

3

诗人病了
诗人本就是
——病人
无可医治的
——病人
诗人手脚软弱
行动不便
诗人呻吟
发牢骚
期许善的人
心生怜悯
诗人的脑子
不清

春天无路

2016 年 _ 晋城

看着正长大的儿子，写给弟弟和我自己。

1

孩子说
他长大了
他不知道
他坐牢了

2

木棉花开在山里
是什么样子
开在街路两边
是软弱的样子

3

天这样明一会儿
又暗一会儿

4

孩子变坏了
或许只是
我们蒙羞了

5

看看天
空空的天
无所知
无所见

6

喂养多好
喂养孩子

喂养老人
多好
哪怕只是猫狗
多好

7

飞鸟徘徊而下
像点点安慰

8

浓雾滑入
我们擦身走过
而不相互看见

9

春天无路
花不落枝
尘不落土

10

如果罪
只是个词
孤零零的
没有牙齿

11

最好的花
开在人迹不至的地方
在无人可触的心底

12

活着不完整
爱着梦着
都不完整

13

岁月不坏

老孩子
心不坏

14

不知道自己
是逃不出自己

15

厌倦或是最好的谅解

16

没用的人
自由了

文外＿儿子天天的几句

我一直反思
死了用骨头反思
化了用土反思

拾句

2016 年 _ 晋城

我贵姓？

壹

我这条狗
少皮没毛的狗
尾巴是截脏脚趾

贰

小人物
你有没有重要决定
世界的胃口敞开

叁

请端起长枪短枪
瞄一准一我
请狠狠地投射

肆

我也想摇曳一点
长夜苦苦思索
醒来的身体只有半截

伍

火车拉我去远方
那吼吼的破烂火车
我拦不住，也杀不了

陆

随波逐流很重要
我往前努着下巴

说了很多这些话

柒

秋天远在路上
开往郊区的夜班车
运走了绿邮箱

捌

我唯一的经验
肥归肥的
瘦归瘦的吧

玖

我讨厌这样
我只是痒痒
我投降

拾

嗨

活着是个胖子

气喘吁吁呀

生日诗

2016 年 _ 晋城

1

一天闷闷的
想象自己
已老迈

2

看不见天
喧闹的也不是路

3

晚夕盼来风
在粗粝的身体
刻上几刀

4

昨日有雪

灰

笑一笑

臆语

2015 年 _ 晋城

臆语 I

种子甫一发芽

我们已经中毒了

苦行的路落上灰尘

我们已经疾病满身

湛蓝之下遍布耻辱的证据

我们已经不需要墓地

臆语 II

在一片乡野间乱走

在干裂的泥土乱走

在缭乱的风里乱走

在垂落的光里乱走

一蓬潦草的毛发乱走

一截黑黑的身体乱走

臆语 III

一个人在空房子里跳舞
一个人在夜里的床上说自己
一个人在斑马线上相向而行
一个人在铁轨上等火车来
一个人把光阴逼进墙角
一个人任由蔓藤爬上额头

臆语 IV

一阵风起，她病了
她蜷缩在套子里
跟一张遗照相拥而眠
她看见空杯子从墙上跌落
时间虚弱得无可设防
一阵风落，有如万箭穿过

臆语 V

天空飘着飞絮

一片好大好大的白水

桥断了

荒岛久无人居的老房子

石阶通向破败的门

通向遗失的梦境

臆语 VI

灰色的屋顶塌落，天空蓝

灰色的焰火燃熄，天空蓝

灰色的画布撕破，天空蓝

灰色的床铺摇晃，天空蓝

灰色的廊道时隐时没，天空蓝

灰色的胎儿飞向地铁，天空蓝蓝

臆语 VII

站牌下空无一人

散落一地的是药

一只脚走路轻松

另一只沉重拖曳的是药

真相只露出半边脸

隐秘敞开的是白花花的药

臆语Ⅷ

我们在阴雨天里朗读

我们不惜相互裸露皱纹

我们因为陈旧被审判有罪

我们身后只有锈迹斑斑的门牌

我们用不同的声调忏悔

我们各有各的羞愧

臆语Ⅸ

她把绣鞋放进箱子

她在镜子里看一朵艳花

她远远立在水边

她任奶水和酒流了一地

她的光阴是满眼的红

她隔着帘子说：咬我

臆语 X

厌食症的女人
装扮成刺猬的女人
面孔紧绷永不融化的女人
因为挫败无比坚硬的女人
鄙夷一切美好的女人
在梦里软瘫一地的女人

臆语 XI

头顶的沥青燃烧
生起烟雾
血从脚趾缝渗出
泅出佞笑
醒来看看世界
没有理由

臆语 XII

隔壁的耳朵是心里的耳朵
墙上的斑驳是心里的斑驳

纸页的缭乱是心里的缭乱
光阴的深井是心里的深井
坐在虚空的房间
是梦呓者坐在虚空的心里

臆语 XIII

悲伤者看不见颜色
苟活者失掉重量
暗影从四面压迫而来
又倏忽而去
留下一地小小的咳嗽
让所有坚固之物支离瓦解

臆语 XIV

石板小巷生满苔藓
湿滑慢慢隔离以至拒绝
冷寂和萧索覆掩之下
有多少路得以安眠
巷口一幕幕戏闪过
变幻在猫狗之间

臆语 XV

她们心怀莫名的念头
在石墙里欲火难耐
她们穿着囚服扭动腰身
面前的铁门渐次打开
她们在浴头下默默清洗
有很多手臂攀爬上来

臆语 XVI

沼泽地面无表情
每一步都是陈旧的困境
从生而来的皮囊越来越轻
寥寥晚风没有回应
一群泥腿的人兀自走路
眉眼让阴雾笼盖

臆语 XVII

那一刻，落日下去
山影与矮墙融为一色

红眼的老妇人依在门廊边
那一刻，离夜幕不远
栅栏立起经久的偏见
老妇人还是一无所得

臆语 XVIII

面具满城游走
面具写满虚妄的大字
面具匆匆躲闪和逃开
面具遮蔽伤口和疾病
面具不被看穿
面具后面还是一张假面

臆语 XIX

结巴咬破嘴唇
盲目流下眼泪
受苦人表演受苦的情绪
尘土落在尘土的气息
存在没有面目
不再求取意义

臆语XX

隐秘之弦崩断的
罪在哪里
幻想里挥刀砍杀的
罪在哪里
躲在暗层疯言疯语的
罪在哪里

臆语XXI

一群大火忽忽而过
灰烬没有完全冷却
一群姗姗迟来者
满眼是残破的家园
一群神经的叹息
等待悄悄消泯

臆语XXII

初雪落满小城
冷风凝起参差的高墙

闭塞而成冬
麻木处处病痛
拳头弱弱抬起
不能轻取一根鞭子

臆语ⅩⅩⅢ

今天是个生日
暮钟响起
我们在路边和自己告别
远远地不作一语
我们有双火蓝的眼睛
睫毛清晰可见

臆语＿文外

没有凭据的空想，没有指向的梦话。
淹没在失眠和恍惚间的游荡。
印象而非观念，情绪而非道理。
人在梦里受苦，虚无尽头，了无意义。

在阳城电厂想到车邻

2015 年 _ 晋城

我在阳城电厂想到了车邻。
确切说，我是在看到那些发电机组，
看到那耸立四层楼高，并列起来
足有一里地长的庞大身躯后，
突然就想到车邻。想到他诗歌里
所陈列的后现代工业机器，生锈的铁皮
因扭曲而咔咔作响的各种暴力。
那些机组包裹严密，我无法看到
怎么焚烧，怎么传动，怎么就把电
放到高压线上，一路翻山越岭。
我似乎应该为此倾倒和赞颂，
但充满周遭的刺鼻粉尘，以及
持续在低音区的嗡嗡轰鸣，
让我想到了车邻。我试图想象，
他会在诗里作出什么样的反应，
怎样油乎乎地挖出脏污的部分？

在大检修区，我从戒严的缝隙
看到机器各个部位的盖子掀翻一地，
拆下的部件体量硕大，工人攀爬其上
费力地一点点打磨，一点点刷洗。
我想车邻是不是要把自己的骨头
也拿出来，把肺脏也拿出来，
如此拾掇一番，然后再安装进去。

小扁

2015 年 _ 晋城

我再见到小扁

再见到小扁经年累月歪着的脖子

那是儿时一个傍晚

小扁被一头秃尾巴狼

叼住脖子拖出二里地

小扁命大

小扁只从此头枕着左肩膀

我想象小扁的摇摇晃晃

想象小扁走路睡觉

都要头枕着左肩膀

但我再见到小扁

想象的一切并未倾斜

我跟小扁下馆子

路是直的门也是正的

我跟小扁说话

总不自觉把头歪向右边

我跟小扁喝酒
我笑话不了他他笑话我
小扁说
看惯高低不平就平和了
看惯慌慌张张也稳当了
说一根直直的脖子
真的有什么计较呢

一场愤怒

2015 年 _ 晋城

那个清早，在县城小街上

父亲试图爆发一场愤怒

在被汽车撞飞起来的一刻

他像一串抛撒在空中的鞭炮

身体里积压的火气

几乎就要被点燃，被炸裂

就在飞起的那一刻

他似乎已经做到，隐秘的烟熏牙

从嘴唇的缝隙一颗颗暴突出来

但父亲的愤怒，在落下的一瞬熄灭了

他甚至不知道这愤怒从何而来

又悠忽去了什么地方

那时候，阳光还没有下来

父亲费劲从马路中间站起

耳朵里满是拥堵车辆的尖锐嘶鸣

街边的路人在指指戳戳

他恍惚了一下，把一拐一拐的歉意
拖到街边，他抬头看了眼天
阳光确真没有下来，一张钱币
飘在汽车的尾尘里
一场事情那么阴那么冷
他把牙齿复藏进脸皮的后面
不断把自己咬紧

一月

2015 年 _ 晋城

一月像是旧的
晨光像是昨日暮色
微尘凝滞不动
寒冷停在身前不走
一切倾心之物
此时都是静默的
从城市之雾里穿过
我的本身若隐若现
目力难以到达
思想迟缓而颤抖
所爱的已无法说出
灰蒙蒙的都在下落

春事

2015 年 _ 晋城

从大楼出来，走到文昌街上
我不能确信已经进入一个春天
这个三月如此模糊
灰都停在空中不下来
我不想呼吸，不断抿紧嘴巴
有些东西还是不触为好
似乎动了念头就要坍塌成墟
我甚至不想走几步路
傻傻站在人行道上吸烟
这个春天，花事仍然有
沿街的树照样要冒出绿来
人流车流都有各自的事情
我刚看完《蓝色骨头》
想到眼前的春天，不是反向迷失
是在别个时空纠结的扭动
而立之年，少年的心思越藏越深

已然模糊成这个三月
即使是春天，即使是人间
也什么都说不出来

我不爱的

2015 年 _ 晋城

我不爱的，或许是这座北方的小城
就算是三月的好时光，就算是柳絮漫天
像极了你裙裾的花朵。我不爱的
或许是个老故事，我们蒙着各自的眼睛
别扭着各自的心思，从不曾坦然相对
我不爱的，或许是一个无形笼子的囚禁
日子落进凉透的茶水，泛出微微的涩苦
彼此都默不作声。我不爱的，或许是
避立在明媚之外，独自坐在窗里发呆
在意念里久久凝视你，隐忍着抽搐颤抖
我不爱的，或许是还深深爱着
生活琐碎又坚硬无比，我们裹挟其间
间或抬起疲累双眼，遥遥的，望上一眼

心里住着的少年

——再读李旭霞《原来你也在这里》

2015 年 _ 嘉峰

我想象，如果你从光阴里站起

会是何种神情，你撩撩耳边的长发

眼睛慢慢抬起来望远，光线照明半边脸

那是立在窗前，还是整个春天

我想象，如果回望十年

我们是不是相似，揣着忧郁心事

那么再过十年，又要变成什么样子

一些故事这样发生，就在身边不远

日子却并不平整，无法肆意滑行

我想象，世上有太多美丽的错误

每个人都异常清醒，却不得不

昏昏沉沉，就像生命很难打开

要不折叠，要不活在妄想里

我想象，春风携带浮尘攀附栏杆

是不是能恢复到原来的清爽

我们从田野走来，从水边走来

是不是能恢复到一穗麦子的样子

一条鱼的样子，不需要很多光芒

我想起前些天去水边钓鱼

扛着渔网，在草泽里跳跃

真像一个迎风奔跑的少年

我们奔波了一遭，姿势变得从容

岁月又变得轻巧，我们跟这个世界

都爱过了，心里住着的少年

就那么，依依地站着

暮春

2015 年 _ 晋城

正是暮春，又逢阴雨

红花打落了一地

像新娘初夜的泪水浸透了缎被

这样的光阴和天气

什么都拖泥带水

什么都无法亲近

思绪被拉长，却也难及远处

隐进一片雾蒙

我重返到屋檐下

重返到昨夜深秋

想回去桌前抄写经书

但那掉转身的背影挥不去

尘世生长的影子挥不去

置于抽屉的一场别离

多少年了，也还挥不去

我推开窗子，没有风

连寂静都没有

图书在版编目（CIP）数据

高窗下 / 柴高原著 . -- 北京 : 中国青年出版社，
2024. 12. -- ISBN 978-7-5153-7641-7

Ⅰ . I227

中国国家版本馆 CIP 数据核字第 20242ZE866 号

高窗下

柴高原　著

责任编辑：侯群雄　岳　超
封面设计：鸿儒文轩·末末美书
出版发行：中国青年出版社
社　　址：北京市东城区东四十二条 21 号
网　　址：www.cyp.com.cn
编辑中心：010-57350401
营销中心：010-57350370
经　　销：新华书店
印　　刷：三河市华东印刷有限公司
规　　格：880mm×1230mm　1/32
印　　张：7.25
字　　数：125 千字
版　　次：2024 年 12 月第 1 版
印　　次：2024 年 12 月第 1 次印刷
定　　价：68.00 元

本图书如有印装质量问题，请凭购书发票与质检部联系调换。联系电话：010-85707689